Rüdiger Schneider

Cartagena oder eine völlig verrückte
Geschichte

Personen und Handlung sind frei erfunden, Ähnlichkeiten oder gar Übereinstimmungen mit Namen rein zufällig.

Rüdiger Schneider

Cartagena oder eine völlig verrückte
Geschichte

Erzählung

Bibliografische Information der Deutschen Nationalbibliothek: Die Deutsche Nationalbibliothek verzeichnet diese Publikation in der Deutschen Nationalbibliografie; detaillierte bibliografische Daten sind im Internet über http://dnb.d-nb.de abrufbar.

Coverfoto: www.shutterstock.com - 566356900

Herstellung und Verlag: BoD – Books on Demand, Norderstedt

ISBN: 9783739218106

MIX
Papier aus verantwortungsvollen Quellen
Paper from responsible sources
FSC® C105338
FSC
www.fsc.org

1

Leonhard Wallberg saß auf der Terrasse seines Einfamilienhauses. Der Wärmestrahler war eingeschaltet. Mit leisem Zischen verglühte das Gas in der Dunkelheit. Auf dem kleinen Gartentisch vor ihm stand eine fast leere Flasche Gin. Der Aschenbecher war randvoll mit Kippen. Wallberg sah auf die Uhr. Halb Neun. Gerda würde wie so oft in letzter Zeit spät kommen. Sie hatte ihm etwas erzählt von einer besonders wichtigen Sitzung des Vereins für emanzipatorische Sprachentwicklung. Dass die Frau Oberstudienrätin sich diesem Unsinn hingab, hatte bei ihm immer wieder das bekannte Vogelzeichen, das Tippen mit dem Zeigefinger an die Stirn, hervorgerufen. Der ehelichen Harmonie hatte es nicht besonders gutgetan. Wie auch einige andere Dinge.

Wallberg sah auf die fast leere Flasche. Die fünfte in drei Tagen. Nun ja, es gab eben keine nüchternen Schriftsteller. Schriftsteller war er zwar nicht, aber er gehörte auf der interpretierenden Seite dazu, war vor zwei Jahren als Professor für Germanistik emeritiert. An der Bonner

Friedrich-Wilhelm-Universität hatte es eine kleine Abschiedsfeier gegeben. Dann war das Kapitel Berufsleben beendet. Seitdem langweilte er sich nur noch. Sogar die Leselust war ihm vergangen. Wie rasch man doch auf einmal 68 Jahre alt war! Die Tage fielen wie Blätter von einem herbstlichen Baum. Gerda hatte immerhin noch fünf Dienstjahre vor sich, bis es am Bonner Beethoven-Gymnasium auch für sie eine Abschiedsfeier geben würde. Gäbe es dann das übliche Rentner-Programm? Mallorca oder Radtouren den Rhein entlang. Oder Städtebesichtigungen. Er fürchtete sich vor dieser Öde.

Um Neun kam sie, betrat die Terrasse. „Guten Abend, Frau Wallberg-Richter!" begrüßte er sie mit einem etwas spöttischen Unterton.

„Du kannst mir gratulieren", sagte sie. „Der Verein hat mich zur Vorsitzenden gewählt."

„Gratulieren? Kann man das? Du solltest lieber mehr ficken, statt dich diesem Schwachsinn hinzugeben."

„Du bist vulgär geworden seit deiner Emeritierung", bemerkte sie.

„Vulgär? Eher anschaulich. Ihr versaut und verhunzt einem ja die deutsche

Sprache. Warum soll ich zum Beispiel nicht mehr ‚Weib' sagen dürfen? Es ist ein Elementarbegriff wie Sonne, Mond, Sterne, Wind, Meer, Natur überhaupt. Aber ihr sterilisiert alles, trocknet es aus, macht es blutleer, lasst es verschwinden."

„Leo, das hatten wir doch schon", sagte sie mit einem Blick zum Himmel und verdrehte die Augen. Der Begriff ‚Weib' wird oft herabsetzend eingesetzt. Deshalb hat er in der Sprache nichts mehr zu suchen."

„Bei deinem Verein vielleicht. Bei mir nicht. Wenn ich zum Beispiel sage: Mein Weib spritzt vor Lust an die Tapete. Ist das herabsetzend? Passt da dieser kraftvolle Ausdruck nicht viel besser als das nüchterne ‚Frau'?"

„Leo, du bist mal wieder betrunken. Was ist aus dir in den letzten beiden Jahren geworden? Hast du in deinen Vorlesungen oder Seminaren jemals so etwas gesagt, diese vulgären Ausdrücke benutzt? Aber bitte, wenn du dich ruinieren willst! Das ist die fünfte Flasche in drei Tagen. Und bei den Zigaretten zündest du eine an der anderen an."

„Du hast also mitgezählt. Dann zähl auch weiter. Ich hole mir jetzt die sechste."

Wallberg stand auf, schwankte, versuchte am Rand des Gartentisches Halt zu finden, fegte dabei Flasche und Glas auf den Fliesenboden und mit dem kippenden Tisch knallte er mit dem Gesicht in die Scherben. Das letzte, was er noch mitbekam, war die sich rasch ausbreitende Lache von Blut. Dann verlor er das Bewusstsein.

2

Auf dem OP-Tisch wurde Wallberg wieder wach, öffnete die Augen, bemerkte links und rechts neben sich zwei grün bekittelte Personen mit einer Maske vor dem Gesicht. Er spürte den feinen Einstich einer Injektionsnadel.

„Den Kopf nicht bewegen!" sagte der Arzt zur rechten Seite. „Sie erinnern sich?"

Die Bilder tauchten bei Wallberg auf. Der Sturz, der Knall mit dem Kopf auf den Boden, die sich rasch ausbreitende Lache von Blut. Danach musste Gerda die Ambulanz gerufen haben, und jetzt lag er hier und man flickte ihm das Gesicht wieder zusammen.

„Ja", antwortete er.

„Sie haben verdammt viel Glück gehabt", sagte der Arzt. „Eine Scherbe ist nur ein paar Millimeter neben ihrem rechten Auge eingedrungen. Wenn wir hier fertig sind, müssen wir noch ein CT machen, ob es innere Gehirnblutungen gibt. Ich frage Sie jetzt nach ein paar Informationen zur Überprüfung Ihres Zustandes. Sie heißen…?"

„Leo Wallberg."

„Sie sind wie alt?"

„68".

„Ihr Beruf?"

„Professor, Literaturwissenschaften."

„Gut. Ein CT muss trotzdem sein. Wir werden die Wunden jetzt weiter vernähen. Sie bekommen auch noch einige Injektionen zur Betäubung."

Wallberg ließ es still über sich ergehen. Das Eindringen der Nadel in die Haut, den Zug der Fäden, das Bedecken mit Mullbinden. Nach einer Stunde war alles erledigt. Er wollte sich vom OP-Tisch schwingen, aber der Arzt drückte ihn zurück.

„Sie können jetzt nicht gehen. Wir fahren Sie mit dem Rollstuhl zum CT."

Es gab keine Schädigung des Gehirns.

„Aber Sie müssen noch mit einem

nachträglichen Trauma rechnen", sagte der Arzt. „Sie sind mit ziemlicher Wucht auf den Boden geknallt."

Gerda hatte gewartet, nahm den Arztbericht entgegen und die Anweisungen für die nächsten Tage. „Wechseln der Mullbinden nach drei Tagen, nach sieben Tagen kommen Sie mit Ihrem Mann wieder. Dann werden die Fäden gezogen. Ich gebe Ihnen auch noch ein Schmerzmittel mit. Die Betäubung wird nach etwa einer Stunde nachlassen. Er wird dieses Mittel brauchen."

Sie bestellte ein Taxi. Vom Rollstuhl aus schob er sich auf den Rücksitz. Gerda schwieg. Er hörte weder Ermunterung noch Vorwurf. Mit unsicheren Beinen kletterte er aus dem Wagen, ging von ihr gestützt ins Haus, ins Bett, versank nicht nur von den Injektionen, sondern auch noch vom Gin betäubt in einen tiefen Schlaf.

Als er am Morgen aufwachte und aufstand, zitterten seine Beine, sein Gang war unsicher. Sich an der Wand abstützend schob er sich ins Bad, sah in den Spiegel und erschrak. Das Gesicht war blutverkrustet und mit Mull zugepflastert.

3

An einem Freitag, dem 13. Januar war er gestürzt. Am Samstag musste Gerda nicht in die Schule, sagte: „Komm runter in die Küche zu einer Tasse Kaffee."

Er schüttelte den Kopf. „Geht nicht. Ich schaffe die Treppe nicht. Und bring mir bitte keinen Kaffee, sondern den Wodka. Da steht noch eine Flasche in der Bar. Vom Gin lass ich die Finger weg. Kann sein, dass ich die Wacholderbeeren, aus denen der hergestellt wird, nicht vertrage."

„Ich bringe dir keinen Wodka. Hör mit dem Saufen auf."

„Bitte! Ich muss den Alkohol ausschleichen. Der abrupte Entzug ist nicht möglich. Du kennst das Spiel. Die Wodkaflasche wird zwei Tage halten. Und bring auch die Cola zum Verdünnen mit!"

„Wie du meinst. Du musst wissen, wie du dich ruinierst. Du kannst ab jetzt auch hier rauchen. Ich werde unten in meinem Arbeitszimmer schlafen."

In einer Ecke des Schlafzimmers war ein großer, bequemer Ohrensessel mit einem Beistelltisch. Wallberg ließ sich in den Sessel fallen, wartete, rief nach unten in die Küche: „Bring bitte auch einen

Aschenbecher mit! Und die Zigaretten und ein Feuerzeug."

Nach ein paar Minuten kam sie mit einem Tablett. Darauf eine Tasse mit Kaffee, ein Glas, die Flasche Wodka, Cola, Aschenbecher, Zigaretten, Feuerzeug. Wortlos stellte sie das Tablett auf den Beistelltisch, blieb stehen.

„Trink erst einmal den Kaffee", sagte sie.

Er griff mit der rechten Hand nach der Tasse, zitterte, der Kaffee schwappte über.

„Geht nicht. Tu mir bitte etwas Wodka in den Kaffee!"

Wortlos, als sähe sie einem absurden Schauspiel zu, gab sie einen Schuss Wodka in den Kaffee, beobachtete, wie er die Tasse mit beiden Händen griff und einen ersten Schluck nahm.

„Du musst etwas gegen deine Süchte tun", sagte sie. „Sex, Alkohol, Nikotin."

„Die vierte Sucht hast du vergessen", bemerkte er.

„Die vierte? Welche?"

„Die Sehnsucht nach Liebe."

„Kann man dich so lieben?"

„Weil es fehlt, bin ich so."

Er nahm einen weiteren Schluck Kaffee mit Wodka, bemerkte, wie er ruhiger wurde.

„Das mit der Sexsucht stimmt nicht", sagte er. „Das letzte Mal haben wir am Heiligen Abend miteinander geschlafen. Jetzt ist es Mitte Januar."

„Sei zufrieden, wenn ich dir einmal im Monat zur Verfügung stehe. Reicht dir das nicht, dann gehe ins Bordell. Ich habe nichts dagegen. Deine Pension ist hoch genug. Und außerdem ist mir die Lust auf euch Männer ziemlich abhanden gekommen."

„Danke! Das war deutlich."

4

Er erinnerte sich an ein Seminar 2010. Thema: ‚Literarische Wertungen'. Es ging darum, Kritiken zu beurteilen, selbst zu einer Bewertung literarischer Werke zu kommen. Dazu hatte er eine Lektüre gebraucht, die spaltete. In Ablehnung oder Zustimmung oder sogar Begeisterung. Er hatte die Biographie von Klaus Kinski vorgeschlagen. ‚Ich bin so wild nach deinem Erdbeermund'.

„Ich warne Sie", hatte er zu den Studenten gesagt. „Es beginnt mit Kindheit und Jugend. Aber ab Seite 80 wird nur noch gefickt."

Die männlichen Studenten hatten gelacht, einer gefragt: „Wieviel Seiten hat das Buch denn?" Die Studentinnen aber hatten ihn verunsichert, indigniert oder sogar vorwurfsvoll angesehen. Bis auf eine. Die Kolumbianerin. Sie hatte ihm verständnisvoll zugelächelt. Er erinnerte sich jetzt genau an diese Szene.

Myriam García Martínez hieß sie, hatte das Stipendium der germanistischen Abteilung bekommen. Das Programm zur Vergabe eines Stipendiums für Ausländer lief seit 2006. 2010 war die Germanistik an der Reihe gewesen. Er selbst hatte in der Kommission, die die Anträge prüfte, den Vorsitz gehabt. Drei Professoren, zwei Professorinnen waren in der Kommission. Gegen die weiblichen Stimmen hatte er Myriam durchgesetzt und musste sich von den beiden Frauen den Vorwurf anhören:

„Sie wollen sie nur, weil sie schön ist."

Er hatte gekontert: „Und Sie lehnen sie ab, weil sie schön ist. Sie hat ausgezeichnete Zeugnisse und ist in der deutschen Sprache weit fortgeschritten. Sie

14

kann direkt in das Ober- und danach in das Doktorandenseminar. Außerdem ist es gut, wenn wir durch sie etwas über südamerikanische Literatur erfahren."

Die Abstimmung endete 3:2. Die Kolumbianerin flog nach Deutschland, bekam ein Zimmer im Studentenheim, landete bei ihm im Oberseminar ‚Literarische Wertungen'.

Ihre Adresse in Kolumbien hatte er nicht. Auch keine Email oder Telefonnummer, wusste nur, dass sie aus Cartagena am Karibischen Meer kam.

Nach den Seminarsitzungen hatte er öfter mit ihr gesprochen, ausführlich auch über ihre abschließende Arbeit, die abgesehen von grammatikalischen Schnitzern ausgezeichnet war. Bei den Gesprächen hatte er sie als sehr sympathisch, temperament- und auch humorvoll empfunden, nie aber den Versuch einer weiteren Annäherung gewagt. Der Altersunterschied! Sie war 29.

Das Alter war auch ein Argument der beiden Professorinnen in der Kommission gegen sie gewesen. „Die ist doch zu alt", hatte es geheißen, und er hatte nur geknurrt: „Na und! Sie laufen doch mit über 50 noch hier herum." Seit dieser

Bemerkung hatte es einen tiefen Riss mit den beiden weiblichen Kolleginnen gegeben.

Und dann war Myriam auf einmal verschwunden, hatte sich nicht für das Doktorandenseminar entschieden, hatte sich im Sekretariat der Uni ordnungsgemäß abgemeldet, dort keine Gründe angegeben. Wahrscheinlich war sie in ihre Heimat zurückgekehrt.

5

Die Geschichte mit der Kinski-Lektüre, wie sich Wallberg erinnerte, hatte für heiße Diskussionen gesorgt. Bei den Rezensionen der Kritiker in den verschiedensten Zeitungen hatte es neben ablehnender Empörung auch viel Zustimmung gegeben. Auf dem Umschlag des Buches stand eine solche Rezension:

„Dies ist eines der bedeutsamsten erotischen Bücher unserer Zeit – eine eruptive Demonstration letzter menschlicher Möglichkeiten! Ich stelle Kinski neben Henry Miller."

Nach Kinski hatten sie dann Miller gelesen. ‚Wendekreis des Krebses'. Ein

Buch, wegen dessen skandalösem Inhalt es mehrere Gerichtsverfahren gegeben hatte. Sie hatten Kinski und Miller verglichen, beide Werke.

Myriam hatte sich stets an den Diskussionen beteiligt und Wallberg zum Ende des Seminars gefragt: „Und Sie selbst? Wer ist Ihnen lieber? Kinski oder Miller?"

„Schwierig", hatte er geantwortet. Kinski ist animalisch, Miller intellektuell. Aber beiden ist die Freude am Sex gemeinsam."

„Ist das nicht zu wenig", hatte sie eingewandt. „Da fehlt die Zärtlichkeit und die Romantik. Ich habe gestern ein Gedicht von Herder entdeckt. ‚Fahrt zur Geliebten'. ‚Sonne, wirf den hellesten Strahl auf den Orrasee!' beginnt es. Und da nimmt einer die weitesten Wege in Kauf, um zu seiner Geliebten zu gelangen. Aber alles in allem mag ich bei unserem Buchvergleich eher Miller. Er ist so ein Typ wie Sie. Obgleich ich nicht weiß, ob Sie nicht doch eher ein Romantiker sind und weite Wege gehen würden."

Kaum hatte sie das gesagt, schien sie erschrocken, wurde rot im Gesicht, murmelte „Verzeihung!", wendete sich von ihm ab und verließ mit schnellem Schritt den Seminarraum. Da hätte er doch schon bemerken müssen, was los war.

Zu seiner Einladung ins Doktorandenseminar hatte sie Bedenken geäußert.

„So weit bin ich noch nicht", hatte sie gemeint.

„Doch. Sie sind so weit", hatte er versucht, ihre Bedenken zu zerstreuen. „Beim Thema für die Doktorarbeit haben Sie völlig freie Hand. Und die mündliche Prüfung zum Abschluss machen Sie bei drei freundlichen Herren, die Ihnen wohlgesonnen sind. Und wegen der Verlängerung des Stipendiums bitte keine Sorgen. Wir werden dann öfter zusammenarbeiten, über Ihre Arbeit reden. Eine ausgezeichnete Gelegenheit dazu sind zum Beispiel die mehrtägigen Exkursionen mit dem Doktorandenseminar. Zum Beispiel in die alten Universitätsstädte Tübingen oder Heidelberg."

„Mehrtägig? Mit Übernachtung?" hatte sie gefragt, ihn dabei etwas erschrocken angeguckt und dann gesagt: „Das schaffe ich nicht."

Diese Bemerkung konnte er sich erst später deuten. Als er nämlich in der Pause zwischen den Semestern einmal ins Sekretariat der germanistischen Abteilung kam, überreichte ihm die Sekretärin, Hildegard Wagner, einen Brief.

„Für Sie, Doc. Eine ihrer Studentinnen hat ihn abgegeben."

Der Brief war von Myriam. Auf dem Umschlag stand: ‚Für Herrn Professor Wallberg'. Er öffnete, noch im Sekretariat stehend, las.

‚Lieber Herr Professor, danke für Ihr Seminar, das Stipendium und die Einladung zum Doktorandenseminar. Aber es gibt drei Gründe für mich, das nicht zu machen. Der erste ist mein Heimweh nach Cartagena. Der zweite: Ich brauche einen anschaulicheren Beruf, nicht das Nachdenken über das, was andere geschrieben haben. Der dritte: Ich habe mich in Sie verliebt und kann unmöglich an dem Seminar und den Exkursionen teilnehmen. Es hat keine Zukunft. Ich werde mich ordnungsgemäß bei der Bonner Uni abmelden. Bitte haben Sie Verständnis für meinen Schritt. Myriam García Martínez'.

„Und?" fragte Hildegard Wagner neugierig. „Sie wirken etwas betroffen."

„Ja. Bin ich auch. Unsere Stipendiatin fliegt zurück nach Kolumbien bzw. ist schon zurückgeflogen."

„Ach! Wo Sie sich doch so für sie eingesetzt hatten!"

„Ja, schade. Es tut mir leid."

6

Später hatte er überlegt, ob er mit ihr eine Affäre hätte anfangen können oder sogar sollen. Aber damals war die Welt mit Gerda noch halbwegs in Ordnung gewesen. Also eher ‚Nein'. Aber sicher war er sich nicht. Hätte sie doch vor ihrem Entschluss wenigstens noch einmal mit ihm gesprochen. Hatte sie aber nicht. Jetzt hatte er noch nicht einmal irgendeine Kontaktmöglichkeit. Weder eine Anschrift noch eine Telefonnummer. Auch keine Email-Adresse.

Alles war im Rahmen der Uni rein akademisch geblieben. Obgleich, wie er es damals empfunden hatte, ein gewisses Knistern zwischen ihnen geschehen war. So etwas spürt man. Zwölf Jahre war es her. Jetzt war sie 41, lebte wahrscheinlich in Cartagena oder sonstwo in Kolumbien.

Oder vielleicht auch in einem ganz anderen Land.

Wallberg goss sich Wodka zur Hälfte in das Glas, füllte mit Cola nach. Als er ausgetrunken hatte, fühlte er sich etwas besser. Ab und zu strich er sich über den blanken Schädel, wunderte sich. Der wirkte wie taub, als würde er mit der Hand über einen Stein streichen. Rührte das noch von den Injektionen her oder war das eine Art Aufpralltrauma? Er war nicht nur, wie ihm Gerda berichtet hatte, mit dem Gesicht auf die Fliesen geknallt, sondern noch etwas weiter mit dem Schädeldach an die Hauswand gerutscht.

Er stand mühsam auf, stand auf unsicheren Beinen, ging vorsichtig, sich an der Wand abstützend, ins Bad. Bloß nicht noch einmal fallen! Er betrachtete sich im Spiegel. Diese mit Mull verpflasterte und mit Blutkrusten verschmierte Visage! Eine Zeit lang würde er sich nicht unter die Leute wagen können.

Gerda kam hoch, um nach ihm zu sehen. „Leo, du musst etwas essen. Du hast viel Blut verloren. Ich kann dir einen Teller mit Hühnersuppe bringen. Wir haben noch eine Dose hier."

„Bitte keinen Teller!" sagte er. „Bei meiner Zitterei fliegt die Suppe vom Löffel. Ich trinke sie aus einem Becher."

Sie brachte ihm die Suppe in einem Becher, sah zu, wie er diesen mit beiden Händen umfing, zitternd an den Mund hob und zu schlürfen begann.

Sie schüttelte den Kopf, sagte: „Was ist nur aus dir geworden!"

„Das ist nicht die entscheidende Frage", antwortete er. „Die entscheidende Frage ist: Was wird aus mir?"

Als er ausgetrunken hatte, nahm sie den Becher, wollte wieder nach unten gehen.

„Sei bitte so lieb und bring mir meinen Laptop hoch und das Smartphone", bat er.

„Na gut. Ich bin aber nicht dein Dienstmädchen. Ab Montag musst du alleine klarkommen."

Als sie ihm das Gewünschte gebracht hatte, fuhr er den Laptop hoch, loggte sich bei ‚amazon' ein, bestellte einen kleinen CD-Player mit Kopfhörer und ein Buch mit drei CD's. ‚Spanisch ganz leicht. Für Anfänger und Wiedereinsteiger'.

Danach machte er sich bei google auf die Suche nach Myriam García Martínez.

7

Er fand sie nicht. Zwölf Jahre waren eine lange Zeit. Sie mochte inzwischen geheiratet haben, hatte einen anderen Familiennamen. Aber die Namensänderung war weniger wahrscheinlich. Die Kolumbianer hatten immer zwei Familiennamen, den ersten des Vaters und den ersten der Mutter. Heiratete die Frau, konnte sie ihre Namen behalten. Was die Kolumbianerinnen in der Regel auch machten. Sie waren nicht nur schön, sondern auch stolz. Übernahmen sie nämlich den Namen des Mannes musste ein ‚de' davor. Das mochte wie eine Unterwerfung empfunden werden und wurde deshalb vermieden. Es sei denn, sie wurde die Frau des Präsidenten.

„Ich hätte damals aufmerksamer sein sollen", dachte Wallberg. „Dass sie auf die abschließende Exkursion des Oberseminars nicht mitgekommen war, das war schon ein besonderes Alarmzeichen gewesen. Es war damals für ein Wochenende nach Bacharach gegangen. Mit einer Übernachtung. Begleitendes Thema: Rheinromantik. Brentano, Günderode und die ganze exzentrische, romantische Clique. Aber damals war die Geschichte mit Gerda ja noch halbwegs in Ordnung gewesen. Da gab es diesen Zirkus noch nicht. Verein für emanzipatorische Sprachentwicklung, einmal wöchentlich am Abend Frauenkreis. Die Treffen des Frauenkreises hatten sich seit einem Jahr, seitdem diese neue Kollegin aufgetaucht war, Simsalabim, verdoppelt. Gerda hing ihr an den Lippen, war begeistert. Er hatte sie auch einmal kennengelernt, fand sie eher hässlich und abstoßend. Telefonierte Gerda mit ihr, hatte sie eine sanfte Stimme, flötete bei der Annahme des Gesprächs „Hallo, Süße!" ins Mikrophon. Sollten sich die Weiber doch gegenseitig befummeln. Ihm konnte es jetzt egal sein.

Die Sache mit Gerda war den Bach hinunter gegangen. Ein Zitat von Henry Miller fiel ihm ein. „Zwischen Mann und Frau ist alles in Ordnung, wenn er das Zündholz ist und sie die Reibfläche." Das Zündholz war nass und die Reibfläche, die Femininität, war nicht vorhanden. Wie überhaupt die Femininität gesellschaftlich auf dem Rückzug war und mehr und mehr verschwand.

„Mist", dachte Wallberg. „Ich habe noch nicht einmal die geniale Abschlussarbeit von Myriam. Sie in das Doktoranden-seminar einzuladen, war kein freundliches Entgegenkommen, sondern begründet gewesen. Aber er hatte über ihre Gefühle einfach hinweggesehen, es nicht glauben wollen, dass sie mehr als nur Sympathie empfand. Dabei hätte er wissen müssen, dass es so etwas auch bei großem Unterschied des Alters gab. Und wieder fiel ihm ein Zitat von Henry Miller ein:

„Die Männer haben keine Ahnung, wie wenig sich die Frauen aus der sogenannten körperlichen Attraktivität machen, wie sie manchmal auf einen miesen, hässlichen alten Mann fliegen. Du lieber Himmel! Mir scheint, diese hässlichen alten Knacker kriegen oft die schönsten Weiber."

Nun, ein mieser, hässlicher, alter Mann war er damals nicht gewesen. Wenn er nicht aufpasste, steuerte er eher jetzt darauf zu. Dem Alkohol verfallen, mit zerschnittener Visage, gelangweilt von der jetzigen Existenz. Die meisten Schnittwunden im Gesicht würden ohne Narben verschwinden. Nur die große, kreuzweise an der rechten Stirn würde bleiben. Die Wunde war zu tief. Aber diese

Narbe konnte er tragen wie einen Indianerschmuck.

Wallberg warf einen Blick auf die Wodkaflasche, die schon halbleer war und murmelte: „Das Teufelchen flüstert wieder!"

Er stand auf, ging mit der Flasche ins Bad, schüttete den Wodka ins Waschbecken.

8

Am Montagmorgen war er nicht mehr ganz so wacklig auf den Beinen, schaffte, während Gerda in der Schule war, den Gang nach unten in die Küche, schaffte es auch, einen weiteren Beistelltisch ins Schlafzimmer zu befördern und ihn mit einer der ausrangierten Maschinen als Kaffeebar einzurichten. Gerda würde unten bleiben, in ihrem Arbeitszimmer auf der ausziehbaren Couch schlafen. Am Sonntagabend war sie noch einmal nach oben gekommen, um nach ihm zu sehen, hatte die Nase gerümpft, gesagt: „Hier schlafe ich nicht mehr, ist ja total verräuchert. Pass auf, dass die Tür immer zu ist und möglichst wenig nach unten zieht."

Sie warf einen verächtlichen Blick auf die leere Flasche, sagte:

„Jetzt soll ich dir bestimmt noch den Gin holen."

„Ja, bitte!" hatte er geantwortet, und als sie dann mit dem Teufelszeug kam und wieder gegangen war, ging er mit der Flasche ins Bad, öffnete sie und schüttete alles weg.

Gegen Mittag schon, da er Prime-Kunde war, kam die gewünschte Bestellung von ‚amazon'. Er legte die CD in den Player, schlug das Buch auf, begann mit seiner ersten Spanischstunde. „Hola, me llamo Leo Wallberg!"

Am Nachmittag fuhr ihn Gerda in die Klinik zum Wechseln der Mullbinden. Das Blut wurde aus dem Gesicht gespült, er wurde frisch verklebt, sah nicht mehr ganz so runtergekommen aus, aber immer noch so, als sei er unter eine Mähmaschine geraten.

Wieder zu Hause angekommen, begleitete ihn Gerda nach oben, sah die leere Ginflasche, meinte: „Du verträgst erstaunlich viel."

„Nun ja, bin geübt wie ein Russe."

Sie warf einen Blick auf den Beistelltisch, sah das spanische Lehrbuch, fragte erstaunt: „Du lernst Spanisch?"

„Ja."

„Warum?"

„Sprachen sind der Klang der Welt."

„Wie ich dich kenne, wirst du zehn Stunden am Tag lernen. Du hast kein regulierendes, mittleres Maß."

„Kann schon sein. In zwei Wochen bestelle ich mir den Kurs für Fortgeschrittene."

„Du richtest dich jetzt hier oben ein?"

„Ja. Ich lass' mich von keinem Weib mehr im Winter auf den Balkon oder in den Garten jagen."

Sie hatte den Kopf geschüttelt, gesagt:

„Was ist nur aus diesem freundlichen, konzilianten Mann geworden, den ich einmal gekannt habe!"

Dann war sie gegangen.

9

Zum Ziehen der Fäden fuhr er am Freitagmorgen mit dem Taxi in die Klinik, ließ die Prozedur über sich ergehen. Pflaster oder Mullbinden wurden nicht mehr aufgelegt, aber er sah immer noch so aus, dass er sich möglichst von Menschen, um sie nicht zu erschrecken, fernhalten sollte. Für das, was er vorhatte, würde er noch eine Weile warten müssen.

Aber schon eine Woche später war es so weit. Wallberg machte sich zu Fuß auf den Weg zur Universität. Hildegard Wagner, zu der er stets ein herzliches Verhältnis gehabt hatte, würde immer noch im Sekretariat der germanistischen Abteilung sein. Sie war jetzt 62, gehörte noch zu jener Generation, die so etwas wie Mütterlichkeit kannte und einen nicht anschnauzte: „Mach dir deinen Kaffee selber!"

Die förmliche Anrede ‚Herr Professor' hatte er sich bei ihr verbeten. Sie nannte ihn ‚Doc', er sie ‚Hildegard'.

Er klopfte an die Tür des Sekretariats, wartete auf das „Herein", und als er eintrat, blickte sie erstaunt auf, sagte:

„Hallo, Doc! Sie kommen doch nicht etwa, um eine alte Frau zu besuchen!?"

„Doch, auch. Ich freue mich, Sie endlich mal wiederzusehen."

Sie musterte ihn aufmerksam. „Was haben Sie denn mit Ihrem Gesicht angestellt?"

„Kleiner Unfall. Trunkenheit auf Füßen."

„Musste mal so kommen. Ich kenne Sie ja. Ihre feucht-fröhlichen Seminar-Exkursionen mit den Studenten waren sehr beliebt. Studenten? Meist waren sie weiblich."

„Nun ja. Es gefiel den Damen, abends beim Wein zu sitzen und über Literatur zu sprechen. Da gibt es abseits des Akademischen die verrücktesten Geschichten. Glauben Sie mir, Hildegard, die meisten haben mit der Liebe zu tun. Jeder Poet ist ihr verfallen. Da spricht man doch gerne drüber."

„Sprechen? So, so! Also, was ist los, Doc? Was führt Sie zu mir?"

„Ich arbeite an einem Buch über die Rezeption südamerikanischer Literatur, Aufnahme, Wirkung, Akzeptanz. Ich bin nicht unbedingt der Spezialist dafür, brauche Unterstützung, ein kenntnisreiches Lektorat. 2010 hatte ich in meinem Oberseminar eine Stipendiatin aus Kolumbien. Sie ist die Expertin. Ich habe leider ihre Adresse nicht, auch keine Telefonnummer, nur den Namen. Myriam García Martínez. Ich würde sie gerne als Lektorin engagieren. Haben Sie in Ihrem schlauen Computer noch den Antrag für das Stipendium? Da müsste die Adresse dabei sein."

„2010 sagen Sie?"

„Ja."

„Ist eingescannt, müsste da sein. Dauert aber etwas, bis ich das gefunden habe. Wissen Sie was, ich mache uns jetzt einen Kaffee und begebe mich auf die Suche. Hier haben Sie auch einen Aschenbecher. Sie hängen bestimmt noch am Glimmstengel."

„Sie bekommen kein Problem damit?"

„Ach was! Nachher wird gelüftet. Beschwert sich jemand, können die mich mal. Drei Jahre vor der Verrentung wirft mich hier keiner mehr raus. Diese ganzen Regulierungen sind doch sowieso nur noch übertrieben."

Wallberg saß neben ihrem Schreibtisch, trank Kaffee, rauchte, während Hildegard Wagner mit der Computermaus suchte. Nach nur fünf Minuten sagte sie:

„Ja, hier ist es. Die Anträge der Stipendiaten für 2010. Myriam García Martínez. Alles da. Adresse, Bewerbung, Foto. Aber sagen Sie, Doc, das ist doch jetzt zwölf Jahre her. Die Wohnung in

Cartagena wird sie damals gekündigt haben."

„Nicht unbedingt. Eventuell Untervermietung oder irgendein Familienmitglied zieht ein und bei ihrer Rückkehr wieder aus. Ich weiß, es ist ein Strohhalm, aber ich muss es versuchen."

„Sicher. Ich drucke Ihnen die Seiten aus."

Lächelnd verabschiedete er sich.

„Sie sagen mir, Doc, was daraus geworden ist?"

„Aber ja doch!"

Als er das Sekretariat verlassen hatte, küsste er die Blätter. Er hatte ihr Foto und die Adresse. Tv 44, 21a44, El Bosque, Cartagena de Indias, Provincia de Cartagena, Bolivar, Kolumbien.

Noch am selben Tag ging er mit einem Brief zur Post, schickte ihn als ‚express' in die Welt.

10

Über die Adresse hatte er sich zunächst gewundert. Über dieses Tv. Aber es bedeutete nichts anderes als 'Traversal'. Das System in Cartagena war unterteilt in traversale und diagonale Straßen. Jetzt musste er Geduld haben, lernte stoisch Spanisch, erfreute sich statt am Gin am Kaffee. Die kleineren Wunden im Gesicht waren gut verheilt, nur auf der rechten Stirnseite zeigte sich, wie er es geahnt hatte, eine tiefe kreuzförmige Narbe. „Mein Indianerschmuck", dachte er. So etwas hat nicht jeder. Religiöse Bezüge zu dem Kreuz auf der Stirn wollte er in aller Demut nicht herstellen.

Gerda wunderte sich. „Kein Gin mehr?" fragte sie.

„Kein Gin mehr. Kaffee."

„Schade", sagte sie, „dass du das da oben so verqualmt hast."

„Du kannst dich ja trotzdem einmal im Monat zur Verfügung stellen", bemerkte er spöttisch.

„Du könntest auch zu mir runterkommen."

„Lass es! Ich lerne lieber Spanisch."

Nach einem Monat kam sie etwas früher aus der Schule, hatte den Postkasten geöffnet, einen Brief herausgefischt. Sie ging damit die Treppe hoch ins Schlafzimmer, wo er in seinem Ohren- sessel saß und Spanisch lernte.

Sie hielt ihm den Brief entgegen. „Der ist für dich. Wer ist das? Myriam?"

Er nahm den Brief, schaute auf den Umschlag, lachte. Es war sein eigener. Er war als unzustellbar zurückgekommen.

„Wer das ist? Ich brauche sie als Lektorin für ein Buch über südamerikanische Literatur. Sie ist die Expertin."

„Woher kennst du sie?"

„Sie war meine Studentin. Ist allerdings zwölf Jahre her. Kein Wunder, wenn der Brief zurückkommt."

Wallberg schlug nun den Brief mit der rechten Hand auf die linke Handfläche, lächelte, sagte: „Ist okay so. Dann muss ich eben andere Wege gehen."

„Was meinst du? Andere Wege?"

„Ich fliege nach Cartagena, werde sie suchen. Den Flug habe ich mir schon ausgesucht. Amsterdam, Bogotá, Cartagena. Es wird Zeit, Europa endlich einmal zu verlassen."

Sie atmete durch, hatte sich bald wieder unter Kontrolle, fragte: „Wie lange willst du wegbleiben?"

„Weiß ich noch nicht. Hier werde ich nicht gebraucht. Du hast deine Schule, den Sprachverein und die Frauentreffen. Kinder haben wir keine und auch keinen Hund. Einkaufen kannst du selber. Im

Prinzip bin ich hier überflüssig, schlafe nachts alleine. Gibt es einen traurigeren Platz in der Welt als ein Bett, in dem man alleine liegt? Du verschließt deinen Schoß und verweigerst mir das Leben. Wundere dich nicht, wenn ich dir davonlaufe!"

„Du hattest damals eine Affäre mit ihr?"

„Nein. Aber wenn ich sie finde, werde ich das nachholen. Du hast zu deinem Vergnügen ja Karla. Meinst du, ich hätte nicht mitbekommen, was hier abgeht? Ich brauche eine Frau, die zwischen den Beinen noch glüht. Nicht bei anderen Frauen, sondern bei mir."

Gerda drehte sich um und ging.

11

Gegen Fünf am nächsten Morgen, noch in der Dunkelheit, verließ Wallberg das Haus. Er warf keinen Blick zurück, trug aber noch eine stille Bitterkeit in sich gegen Gerda und den Amazonenkreis. Und gegen sich selbst, dass er zwei Jahre sinnlos vergeudet hatte. Schiller fiel ihm ein. „Was man von der Minute ausgeschlagen, gibt keine Ewigkeit zurück."

Mit einem leichten Rucksack ging er zum Bonner Hauptbahnhof, trank dort einen Becher Kaffee, nahm den ersten Zug Richtung Amsterdam. Es war Freitag, der 3. März, ein regnerischer, nasskalter Tag. Im ‚ibis' am Flughafen Schiphol hatte er ein Zimmer gebucht. Der Flug mit KLM nach Cartagena mit Zwischenstopp in Bogotá ging am Montag um 9.40 Uhr. Um 17.30 Uhr, noch am selben Tag, würde er in Cartagena sein. Kolumbien lag zeitlich fünf Stunden hinter Deutschland.

Ja, es war Zeit dieses Europa und besonders Deutschland zu verlassen, einen anderen Kontinent zu finden. Man wurde von Krisen zugedeckt und dem Stakkato schlechter Nachrichten. Das war kein Leben, machte depressiv. Gerda würde sein Verhalten als Flucht deuten. Aber konnte man es einem Gesunden vorwerfen, wenn er ein Irrenhaus verließ!?

Von der Zukunft hatte er keine Ahnung, wollte auch keine haben. Die Zukunft kam von alleine. Da konnte er nichts dran drehen. Einfach sehen, abwarten, was kam, sich dem Strömen der Zeit hingeben ohne Plan. Nur die Absicht haben, Myriam zu finden, auch wenn das unwahrscheinlich schien. Cartagena war zu groß und ob sie dort noch lebte, war ungewiss. Er hatte ein Foto von ihr mitgenommen, das Foto, das sie ihrem Antrag für das Stipendium beigefügt hatte. Vor zwölf Jahren! Er würde damit nicht durch Cartagena laufen und jeden befragen: „Kennen Sie diese schöne, junge Frau?" Aber hin und wieder würde sich eine Gelegenheit ergeben, das Foto jemandem zu zeigen. Für sein Unternehmen musste er verdammt viel Glück haben und den Beistand aller himmlischen Geister. Fand er Myriam nicht, so hätte er wenigstens Sonne am Karibischen Meer. Das Leben in Cartagena würde anders sein, ganz anders. Die Karibik war musikalisch. Und was den Sex betraf, dachte er an ein Zitat von Henry Miller: „Sex ist einer der neun Gründe für die Wiedergeburt. Die anderen acht sind unwichtig."

Das Smartphone hatte er ausgeschaltet. Er wollte nicht in Gespräche verwickelt werden, die ihn im letzten Moment umstimmen wollten. Gerda würde sehen, dass er weg war. Mehr war nicht zu tun.

So wartete er im ‚ibis' den Montag ab, trank an der Hotelbar Kaffee, trat ab und zu nach draußen, lauschte dem Aufheulen der Turbinen am nahen Flughafen, hatte das Gefühl, endlich wieder zu leben.

Pünktlich um 9.40 am Montagmorgen hob die Maschine ab zu ihrem Zwischenstopp in Bogotá.

12

Beim Schub der Turbinen und dem unwiderstehlichen Abheben der Maschine hatte er gelächelt. Die Bitterkeit, die er beim Verlassen des Hauses gegen Gerda und sich verspürt hatte, war verflogen. Die Kreuznarbe auf der rechten Stirnseite war jetzt wie eine abgestempelte Briefmarke, mit der er in die Welt geschickt wurde. Der Querbalken bei dem Kreuz leuchtete allerdings in einem wechselhaften Rot von blass bis flammend und war ihm unangenehm. Seit Wochen wartete er darauf, dass dieser Teil der Narbe die normale Hautfarbe annehmen würde.

Er dachte an Gerda. Vielleicht hatte er seinen Spott auch übertrieben. Aber hätte er schweigen sollen? Was wurde da alles in dem krampfhaften Bemühen, niemanden sprachlich zu diskreditieren, vernichtet!? Von Affe bis Zigeunerschnitzel. Tatsächlich waren Diskussionen im Gange, auch die Tierwelt in Schutz zu nehmen, Bezeichnungen, die pejorativ, abwertend, eingesetzt werden konnten, durch andere zu ersetzen, dass also niemand mehr sagen konnte: „Du dummer Affe!" Auch der Affe sollte nicht beleidigt werden.

„Wenn ihr das macht", hatte er eingewandt, dann muss aber noch mehr verschwinden. Der Esel, die Kuh, der Vogel. Den Ausdruck ‚Stute' könnt ihr meinetwegen behalten. Das ist ja etwas Schönes. ‚Geile Stute'. Da wird mir direkt warm ums Herz."

Vielleicht hatte sich mit den Jahren bei ihr auch Neid eingeschlichen. Während er in voller Freiheit seine Themen wählen durfte, wurde sie in der Schule mehr und mehr hirnrissigen Richtlinien unterworfen, die sich vertrocknete Dezernenten ausgedacht hatten.

Vor zwanzig Jahren hatten sie geheiratet. Da war er schon 48. Eines Tages war sie ins Sekretariat gekommen, wollte ihn sprechen, ihn fragen, ob sie mit ihrem

Leistungskurs ‚Deutsch' eine Vorlesung von ihm besuchen dürfte, damit die Schüler einen ersten Eindruck vom akademischen Lehrbetrieb bekämen. Er hatte damals für seine Vorlesungsreihe die sogenannte Weimarer Klassik zum Thema gehabt und sich einen Spaß daraus gemacht für diesen Besuch Goethes Italienische Reise vorzunehmen mit den Venezianischen Epigrammen.

„Ach! ich verstehe mich wohl: es ist mein Körper auf Reisen. Und es ruhet mein Geist stets der Geliebten im Schoß."

„Saß mir ein Mädchen im Weg, als ich Venedig durchlief. Sie war reizend, der Ort, ich ließ mich Fremder verführen."

„Was ich am meisten besorge: Bettina wird immer geschickter, immer beweglicher wird jegliches Gliedchen an ihr; endlich bringt sie das Züngelchen noch ins zierliche Fötzchen."

„Das sind Sachen von Goethe, von denen man in der Schule nichts hört", hatte er mit einem süffisanten Unterton bemerkt. „Da packt man lieber den Klassiker aus statt den Sinnlichen und quält sich durch den ‚Faust'."

Nach der Vorlesung hatte sie die Schüler nach Hause geschickt, war zu ihm

ins Büro gekommen. „Musste das sein?"
hatte sie gefragt.

„Die Sinnlichkeit gehört zur Wahrheit
dazu", hatte er geantwortet.

Irgendwie musste sie das gereizt haben.
Noch am Abend desselben Tages rief sie
an, besuchte ihn, kam sie in sein Bett.

Der Airbus drehte eine erste Schleife
zur Nordsee und zum Atlantik hin. Jetzt
war er unwiderruflich unterwegs und eine
Novelle Dostojewskis fiel ihm ein.

„Ich kann schlechterdings nicht
existieren ohne eine Frau und … ohne
einen neuen Glauben; ich werde wieder zu
glauben anfangen und gleichsam zu einem
neuen Leben auferstehen."

13

Der Flug verlief ruhig, abgesehen von
ein paar Turbulenzen über dem Atlantik.
Wallberg widerstand der Versuchung, sich
bei der Stewardess ein Bier oder ein
schärferes Getränk zu bestellen, blieb bei
Kaffee. Für etwas Kurzweil sorgte sein
Nachbar, ein älterer Herr von etwa 70
Jahren, der sich ihm als José vorstellte. Bei
dem Gedanken ‚älterer Herr' musste er

lächeln. Das war er ja selbst. José hatte in Amsterdam seine Tochter besucht und war nun auf dem Rückflug nach Bogotá. Die Verständigung auf Spanisch klappte gut. Er hatte intensiv gelernt.

„Sie kommen in einer besseren Zeit", meinte José. „Das Land ist nicht mehr so vom Bürgerkrieg zerrissen. La Violencia, die Gewalt, hat sich beruhigt. Noch bis 2017 waren viele Kolumbianer auf der Flucht vom Land in die Städte. In den Dörfern war es unsicher. Meine Tochter hat damals Kolumbien ganz verlassen. Eine mörderische Guerilla zog über das Land, gejagt vom Militär und den Paramilitares, paramilitärischen Gruppen. Und dann gab es noch die Autodefensas, zivile Bürgerwehren, die mit der Armee kooperierten. Wer im leisesten Verdacht stand, mit der Guerilla zu tun zu haben, wurde erschossen. Seit 2017 gibt es den Friedensvertrag mit der FARC, den Guerillas. Im Kongress haben sie jetzt ihre eigenen Mandate. Unser Präsident hat dafür den Friedensnobelpreis erhalten."

Wallberg hatte ihm interessiert zugehört. Natürlich hatte er sich vorher schon mit der Geschichte Kolumbiens befasst. Von den Conquistadores über die spanische Kolonialzeit bis jetzt, bis zum Jahr 2023. Trotzdem war es spannend José zuzuhören, der ihm auch von einem Massaker in seinem Dorf erzählte, worauf die Musik, die sie dort täglich spielten, verstummte. Bis es das Dorf ohne Musik und Tanz nicht mehr aushielt.

„Wissen Sie, was ,resiliencia' ist?" fragte José.

„Resilienz? Die Fähigkeit traumatische Ereignisse zu überwinden?"

„Ja. Das zeichnet uns Kolumbianer aus. Diese ganze Zerrissenheit durch Bürgerkriege und die Drogenbanden des Escobar überwinden wir durch Musik und Fröhlichkeit. Wir wollen uns die Lebensfreude erhalten. Ohne Musik kommen Sie nicht durch die Straßen Cartagenas. Aus jedem Auto, aus jedem Fenster, aus jedem Café wird es Ihnen entgegentönen. Haben Sie in Cartagena schon ein Zimmer gebucht? Nein? Dann machen Sie das unbedingt im Centro Historico, in der Altstadt. Eine Stadtmauer zieht sich um sie herum, zum Meer, zum Strand ist es nur ein Katzensprung. In der Altstadt ist es am schönsten. Außerhalb treffen Sie auf das moderne Cartagena mit seiner Skyline. Sagen Sie, warum besuchen Sie als Deutscher überhaupt Kolumbien?"

Wallberg lächelte verlegen, faltete die Hände über dem Bauch, lehnte sich im Sitz zurück. Was sollte er José erzählen? Die ganze lange Geschichte? Schließlich sagte er: „Ich suche eine ehemalige Studentin von mir. Ich brauche sie für ein Lektorat, habe aber weder Adresse noch Telefonnummer oder sonst irgend etwas. Ich weiß auch gar nicht, ob sie überhaupt noch in Cartagena wohnt."

José lächelte verschmitzt. „Ola, entiendo. También es amor." – Ola, ich verstehe. Es ist auch Liebe.

14

In Bogotá verließ José das Flugzeug, nicht ohne Wallberg herzlich eingeladen und ihm eine Visitenkarte in die Hand gedrückt zu haben. Seinen Platz nahm nun eine etwas füllige Dame um die sechzig ein. Er half ihr, eine schwere Tasche, die anscheinend Steine oder Goldbarren enthielt, in die Gepäckablage zu wuchten. Sie fragte ihn blödsinnigerweise, ob er auch nach Cartagena fliegen würde und fast hätte er scherzhaft geantwortet: „Nein, in die Gegenrichtung."

Als sie neben ihm saß, stellte sie sich als Valentina vor, bedankte sich noch einmal für die Hilfe und versorgte ihn mit Schokoladenkeksen. Dann begann sie, ihn zu befragen. Wo er herkomme, ob er beruflich in Cartagena zu tun habe oder als Tourist unterwegs sei. Als Tourist, beschied sie Wallberg.

„Haben Sie schon eine Unterkunft in Cartagena?"

„Nein, noch nicht. Die werde ich noch suchen."

„Müssen Sie nicht. Meine Nachbarin hat eine sehr schöne Pension. Saubere Zimmer, Balkon, Blick zum Meer. Das Haus liegt am Rand der Altstadt, nahe beim Festungswall. Zur Strandpromenade haben Sie nur ein paar Meter. Und teuer ist es nicht. 100 000 Pesos mit Frühstück."

Er rechnete rasch um. Man musste den Betrag ungefähr durch 5000 teilen. Also etwa 20 Euro.

„Ja, gerne", sagte er. Wenn es ihm nicht gefiel, konnte er nach einer Nacht umziehen. Jetzt war er froh, erst einmal eine Unterkunft zu haben.

Nach der Landung in Cartagena versorgte er sich am Automaten mit Geld, hob 600 000 Pesos, ab. Betragsmäßig hatte er noch nie so viel bei sich gehabt. Selbst in den italienischen Lire-Zeiten nicht.

Draußen empfing ihn eine heiße, tropische Luft, die nach Meer und Kerosin roch. Mit einem der kleinen gelben Taxis fuhren sie vom Flughafen in die Altstadt. Unterwegs telefonierte Valentina, kündigte den Gast aus Deutschland an. Der Wagen hielt vor einem großen, zweistöckigen Haus im Kolonialstil. ‚Casa Fernanda‘ stand auf dem Schild.

Fernanda, ebenso füllig wie Valentina und in etwa gleich alt, erwartete sie schon, begrüßte Wallberg herzlich. Er bewunderte den langen, geflochtenen Zopf, der ihr vom Kopf den Rücken herunter bis fast zur Taille reichte. Er bezahlte das Taxi, verabschiedete sich von Valentina, die ihm ankündigte: „Wir sehen uns noch.“ Dann führte ihn Fernanda auf sein Zimmer im ersten Stock, zeigte ihm Bad und Balkon, ging wieder mit ihm runter, wies ihn in die Küche ein, wo er sich jederzeit einen Kaffee machen könnte. Sie hatte etwas rührend Mütterliches. Er fühlte sich gut aufgehoben, war der einzige Gast im Haus.

Als besonders schön empfand er den Innenhof, den Patio. Ein kleiner Teich war dort mit Seerosen aus dem Rio Magdalena, wie ihm Fernanda erklärte. Unter einem blühenden Mandelbaum war eine Sitzgruppe. „Hier wird mein Platz sein", dachte Wallberg, setzte sich zur Probe unter den Mandelbaum. Fernanda bot ihm ein Agulia, ein kolumbianisches Bier, an. Er entschied sich für einen Kaffee, fragte, ob er hier auch rauchen dürfe.

„Pero por supuesto, Señor!" – Aber selbstverständlich, mein Herr!

Sie verschwand in der Küche, kam bald darauf mit einem Tablett, stellte eine Kanne Kaffee auf den Tisch, eine Tasse, einen Aschenbecher und ein Schüsselchen mit arroz con leche, mit süßem Milchreis. Nach der langen Reise habe er doch gewiss Hunger.

Zunächst aber zündete er sich eine Zigarette an, nahm einen ersten Schluck Kaffee, fühlte sich an diesem Ort sehr wohl.

15

Kolumbianischer Kaffee. Arabica. Neben dem brasilianischen der beste der Welt. Fernandas Innenhof war in der Dunkelheit mit bunten Lampions beleuchtet. Die weißen Blüten des Mandelbaums konnte er noch gut erkennen. Das Wasser des Teichs, das durch einen Filter strömte, erzeugte ein leises, einschläferndes Plätschern. Von der Straße her kam Salsa- und Reggaemusik. Trotz des Kaffees war er jetzt von der langen Reise müde, drückte die halb gerauchte Zigarette aus, ging nach oben in sein Zimmer, trat auf den Balkon, warf einen Blick auf das karibische Meer, wo die Positionslichter der Fischerboote wie kleine Sterne wanderten. Wallberg legte sich schlafen in einem viel zu großen Bett. Wenn Fernanda jetzt käme, aber sie war ja ein anständiges Mädchen, würde er nicht ‚Nein' sagen, sondern seinen Kopf an ihre Brust legen und wie bei einer Mama sanft einschlummern.

Nach einem tiefen, traumlosen Schlaf, jedenfalls erinnerte er sich an nichts, wurde er am Morgen im Sonnenlicht wach. Er stand auf, ging auf den Balkon.

Wärme, blauer Himmel, ein helles, intensives, blendendes Licht. Er hörte Fernanda in der Küche rumoren, ging nach unten, begrüßte sie mit einem fröhlichen „Buenos días!", setzte sich wieder unter das Mandelbäumchen, was ein Zeichen war, dass er hier sein Frühstück einnehmen wollte. Fernanda verstand und kam bald darauf mit Kaffee, Arepas, Rührei und einer Schale mit Mangostücken. Die Arepas, kleine, dicke Maisfladen bestrichen mit Schmelzkäse, mit Chili geschärft und mit Tomatenscheiben belegt, schmeckten ihm vorzüglich und er hatte einen Appetit wie lange nicht mehr.

Eine Weile setzte sich Fernanda zu ihm, wollte wissen, wie lange er bleiben würde, fragte dieses und jenes und schließlich, ob er verheiratet sei. „Nur auf dem Papier", antwortete er. „Und Sie?"

Sie verdrehte die Augen, machte eine wegwerfende Handbewegung. „Er ist laufen gegangen. Wegen einer Jüngeren. Das passiert hier oft."

„Tonto! Dummkopf", sagte er. „Sie sind doch noch in den besten Jahren."

Sie lachte. „Adulador!" – Schmeichler – stand auf und ging wieder in die Küche.

Er genoss es, draußen in der Wärme zu sitzen, zu einer weiteren Tasse Kaffee die erste Zigarette des Tages zu rauchen. Nach dem Frühstück würde er durch die Altstadt gehen, zunächst neue Sachen zum Anziehen suchen. In dem kleinen Rucksack, den er mitgenommen hatte, gab es keine Reserve für das verschwitzte Hemd. Eigentlich war fast nichts in dem Rucksack. Jedenfalls nichts an Kleidung. Der Rucksack war eher ein Alibi, um nicht als ohne Gepäck Reisender verdächtig zu erscheinen. Wichtig bei so einer Reise waren eigentlich nur Pass und Kreditkarten. Alles andere konnte man dann vor Ort kaufen. Im Rucksack waren nur ein paar Toilettenartikel, ein elektrischer Rasierer, mit dem er sich den Friseur sparte, der an seinem fast kahlen Schädel sowieso nicht mehr viel verdienen konnte. Weiter gab es noch eine Reserveunterhose und ein Reserve-T-Shirt. Und dann eben noch ein kleines Computerschachspiel und ein Buch, um Meisterpartien nachspielen zu können. Das wars. Gerda dagegen hatte immer einen vollen Koffer gehabt, was ihm lästig war, weil er ihn aus Höflichkeit tragen bzw. rollen musste.

Gegen Zehn ging er hinaus, machte seinen ersten Streifzug durch die Altstadt. In den Boutiquen würde er mit einer der Kreditkarten bezahlen, sich nicht mit den astronomisch hohen Zahlen des kolumbianischen Peso herumschlagen. Fernanda hatte ihm einen Schlüssel mitgegeben. „Falls ich mal nicht zu Hause bin, wenn Sie kommen", hatte sie gesagt.

16

Als er aus dem Haus trat, kam er in eine andere Welt. Wie eine Perlenkette aneinandergereiht bewegten sich kleine, gelbe Taxis langsam durch die Straße, Motorräder schlängelten sich waghalsig durch, ab und zu rauschte eine Kutsche vorbei. Der Schlag der Pferdehufe übertönte den Motorenlärm. Und überall, auf der Straße und an ihren Rändern, ein Strom bunt gekleideter Menschen. Es war ein quirliges, lebendiges, pulsierendes Durcheinander. Frauen trugen Körbe mit Obst auf dem Kopf, ein Mann zog einen Esel hinter sich her, aus den Cafébars, die sich aneinander reihten, klang am Morgen schon Salsa- und Reggaemusik und ab und zu auch ein fetziger, moderner Popsong. Nach hundert Metern des Staunens ließ er sich an einem der Tische vor einem Café nieder, bestellte sich Guarapo, ein Getränk mit Zuckerrohr-Melasse, Zitrone und Eiswürfeln, beobachtete den Strom der Menschen. Die Frauen trugen lange Kleider, bunte Röcke, hatten einen stolzen, sich erotisch wiegenden Gang, schienen ihm entschieden femininer zu sein als die zumeist nur in Hosen herumlaufenden seiner deutschen Heimat.

Während er da saß und beobachtete, kam aus dem Café ein Song, den er kannte. Dua Lipa, die Albanerin, mit ,Coming in love again'. Es begann mit dem einschmeichelnden, sanften, orientalischen Klang der Violine und dann, eingeleitet wie von fernen Fanfaren, ging mit verführerisch erotischer Stimme ein fetziger Song los.

„I never thought that I would find a way out, I never thought I'd hear my heartbeat so loud, I can't believe there's something left in my chest anymore. But goddamn, you got me in love again."

An der Ecke schräg gegenüber saß am Straßenrand ein Mann hinter einem Pult, auf dem eine Schreibmaschine stand. Eine

Frau stand neben ihm, diktierte ihm irgendetwas, er tippte rasch auf die Tasten. Was es wohl war? Ein amtliches Schreiben oder ein Liebesbrief? Die Szene wirkte auf Wallberg im digitalen Zeitalter grotesk, aber nostalgisch das Herz rührend. Wenn der Schreiber all die Liebes- oder Abschiedsbriefe sammeln würde, könnte er einen Roman herausgeben, den ‚Roman der tausend Liebesbriefe'.

Da sah er ein Fahrrad auf sich zukommen. Ein Lastenfahrrad. Vorne mit zwei Rädern und mit einer großen Holzkiste, auf deren Seite stand: ‚Carreta Literaria'. Bücher! Eine fahrende Bibliothek. Er sprang auf, bedeutete dem Mann zu halten. Der stoppte augenblicklich das Rad. Wallberg fuhr mit dem Zeigefinger über die Buchrücken, las. Tatsächlich, der Mann musste zurückgelassene Bücher von Touristen aufgesammelt haben. Neben spanischen gab es auch welche auf Englisch, Französisch und Deutsch. Bei einem Buch, es war in deutscher Sprache, verharrte sein Zeigefinger. Wallberg zog es heraus, bemühte sich, um nicht allzu großes Interesse zu zeigen und den Preis in die Höhe zu treiben, Unentschlossenheit vorzuspielen. Das Buch hatte 600 Seiten, war zerlesen, aber gut genug.

„Wieviel?" fragte er.

„10 000 Pesos."

Er verzog das Gesicht, tat so, als wolle er das Buch zurückstellen.

„8000 Pesos."

Wallberg lächelte. Eigentlich war das ein blödes Spiel. Für dieses Buch hätte er auch 50 000 Pesos bezahlt. Er gab dem fahrenden Buchhändler eine 10 000 Peso-Note, vorne war das Bild einer mexikanischen Schauspielerin, Virginia Gutiérrez, auf der Rückseite war der kolumbianische Amazonas abgebildet.

„Está bien, sin cambios", sagte er. Schon gut, kein Wechselgeld. Dann ging er mit dem Buch glücklich und zufrieden an seinen Tisch zurück. Das Buch war von Gabriel García Márquez, dem kolumbianischen Nobelpreisträger. Die Autobiographie. ‚Leben, um davon zu erzählen'.

17

Er trank den Guarapo aus, zahlte und ließ sich danach mit dem Strom der

Menschen treiben. Als er an einer Boutique vorbeikam, ging er hinein, probierte drei Hemden, wählte, wie er es liebte, eine Nummer zu groß und nahm ein weißes, ein sonnengelbes und ein dunkelblaues. Weiter zwei Leinenhosen, eine hellbeige und eine taubenblaue und dann noch ein paar karibische Slingback-Sandalen aus hellbraunem Leder. Seine alten Schuhe ließ er in dem Laden. Mit ein paar Tüten bepackt kehrte er zu Fernanda zurück, kleidete sich um, entschied sich für das weite, sonnengelbe Hemd und die hellbeige Leinenhose. Zu den Sandalen trug er selbstverständlich keine Strümpfe.

„Olala!" sagte Fernanda, als sie ihn sah. Sie fuhr sich mit der Hand über das Gesicht. „Un poco más de color. Entonces es perfecto." Ein bisschen mehr Farbe. Dann ist es perfekt.

„Kommt noch", meinte Wallberg. „Bin doch gerade erst angekommen."

Was sollte man auch erwarten, wenn man aus dem nasskalten, grauen Deutschland in die sonnendurchflutete Karibik kam. Dann war man eben noch blass und weiß. Aber sich am Strand schmoren lassen wollte er auch nicht. Es war langweilig, wie ein Brathähnchen herumzuliegen.

Am Nachmittag schlenderte er durch die Altstadt, verließ die größere Straße, die an Fernandas Haus vorbeiführte, suchte die engeren Gassen auf, die für den Verkehr gesperrt waren. Hier gab es an zahlreichen Ständen für wenig Geld streetfood. Neben den allgegenwärtigen Arepas gab es Empanadas, Ceviche, Patacones, bollos und vieles andere, was die kolumbianische Küche an Köstlichkeiten zu bieten hatte.

Vor den Cafés hörte er das Knallen der Dominosteine und Musik war überall. Música joropo. Beschwingte Musik.

An der Kathedrale de San Pedro Claver kam er an einer Skulptur aus schwarz gestrichenem Eisen vorbei. Zwei Männer saßen an einem Tisch und spielten Schach. Ausgerechnet so etwas! Vernunft und Logik vor dem Portal einer Kathedrale. An der gleichnamigen Plaza traf er auf ein Café, wo draußen an den Tischen Rentner saßen und Schach spielten. Neugierig stellte er sich neben einen der Tische, sah zu, als ein englischer Tourist neben ihn trat und sagte: „They like to play with you. But be warned. The men are seriously good at the games and it's unlikely you will win!"

Sie lieben es, mit dir zu spielen. Aber sei gewarnt. Diese Männer sind verdammt gut und es ist unwahrscheinlich, dass du gwinnst.

Wallberg sagte nichts dazu, zuckte mit den Schultern. Mit sechs Jahren hatte ihm sein Vater Schach beigebracht und nach dem zehnten Spiel gesagt: „Gegen dich spiele ich nicht mehr." Später war er in einen Schachverein gegangen, hatte in der Mannschaft gespielt, war es dann aber nach einigen Jahren satt gewesen, immer die Schachuhr beobachten zu müssen und hatte es nur noch als gemütliches Gesellschaftsspiel betrieben. Was sollte also passieren? Blamieren würde er sich nicht.

Einer, den sie Pedro nannten, machte eine einladende Geste zu ihm hin, fragte: „You will play?" Sie hielten ihn offensichtlich auch für einen Engländer. „Yes!" antwortete Wallberg. Pedros Partner, das Spiel war gerade zu Ende, stand auf, machte Platz. „50 000 Pesos for the winner?" fragte der Kolumbianer. Wallberg schüttelte den Kopf. „I don't want you loose your money." – Ich möchte nicht, dass Sie Ihr Geld verlieren. - Pedro sah ihn erstaunt an, lachte, drehte das Brett mit den weißen Figuren zu ihm hin, sagte: „You take white!"

An den anderen drei Tischen wurde eine Pause eingelegt. Die Männer standen auf, scharten sich um die nun beginnende Partie. Auch der Engländer war geblieben und sah zu.

Wallberg begann mit dem ‚Classico Italiano', Bauer auf e4. In den Zügen danach Springer auf f3 und Läufer auf c4, um das Königsfeld f7 des Schwarzen zu bedrohen. Pedro parierte gelassen. Lange zog sich die Partie ungewiss dahin. Es sah nach Unentschieden aus, bis es Wallberg gelang, einen Freibauer durchzubringen und ihn in eine Dame zu verwandeln. Da war die Partie entschieden. Pedro sagte: „Dios mío! Maravillosamente jugado!" – Mein Gott, wunderbar gespielt - stand auf, gab Wallberg die Hand, gratulierte. „Please come back tomorrow. I have to go now."

„Con mucho gusto. Volveré mañana por la tarde." Gerne. Ich komme morgen nachmittag wieder.

„Ola, también habla español", sagte einer der umstehenden Männer. Er spricht auch Spanisch.

18

Als er durch die Gassen und über die Plätze lief, hatte er aufmerksam nach den Frauen geschaut, die in etwa so alt waren wie Myriam. Aber an diesem ersten Tag hatte er sie nicht getroffen, und es war ja auch ziemlich unwahrscheinlich. Cartagena hatte eine Million Einwohner. In Bonn hatte er bereits die Telefonbücher Kolumbiens durchsucht. Im Internet gab es dazu die Seite ,latininfo', auch mit den ,paginas amarillas', den gelben Seiten von Cartagena. Er hatte nichts gefunden. Er scheute sich, mit ihrem Foto herumzulaufen und zu fragen: „Kennen Sie diese Frau? Haben Sie sie gesehen?" Noch nicht einmal Fernanda hatte er gefragt. Da würde er lieber tagtäglich durch die Stadt laufen, nicht nur durch die Altstadt, sondern auch durch das moderne Cartagena mit seiner Skyline. Aber noch war es ja der erste Tag. Am 30. oder am 60. oder erst am 90. würde er vielleicht aufgeben. Insgeheim aber musste er sich eingestehen, dass sein Unternehmen ziemlich aussichtslos war. Auf Myriam zu treffen, käme einem Wunder gleich. Am nächsten Tag würde er die Universität von Cartagena besuchen. Vielleicht hatte sie dort Karriere gemacht. Das Talent dazu hatte sie.

Am Abend würde er ausgehen. In eine der Tanzbars, die an Fernandas Straße lagen. Die Strandpromenade mit ihren Nachtvögelchen schien ihm zu gefährlich, auch wenn er große Lust auf ein Weib hatte. Wenn man den ganzen Tag über schöne Latinas sah, war man am Abend aufgeheizt und konnte nicht still auf dem Balkon sitzen und sinnend auf das Meer schauen. Da spielten die Hormone Sechstagerennen.

Bevor er sich jedoch am Abend auf den Weg machte, rief Gerda an.

„Wo bist du?"

„In Cartagena."

„Hast du sie gefunden?"

„Nein, noch nicht."

„Dann komm zurück oder bleib meinetwegen noch eine Woche da. Das Haus ist ziemlich leer. Es ist nicht schön."

„Hmmm." Er war überrascht, dass sie jetzt schon anrief, und er war erstaunt über das, was sie sagte.

„Was macht die Stirn mit der Wunde?"

„Der Querbalken glüht. Mal mehr, mal weniger."

„Das geht bestimmt vorbei. Wenn du etwas brauchst, melde dich. Wo wohnst du?"

„In einem Hotel", wich er aus.

„Komm endlich zur Ruhe! Werde wie früher!"

Damit war das Gespräch beendet. Eine Weile dachte er noch darüber nach, warum sie wissen wollte, wo er wohnte. Sie hatte doch nicht etwa die Idee, nach Cartagena zu kommen. Bloß nicht. Aber bald gab es Osterferien. Mit Gerda in der Karibik. Er konnte es sich nicht vorstellen. Nach ein oder zwei Wochen wären die alten Verhältnisse wieder da. „Nein", sagte er sich. „Ich laufe nicht wieder in diese Falle.

19

„Welche Bar können Sie mir empfehlen?" fragte er am Abend Fernanda.

„Ola, die berühmteste ist das ‚Café Havana‘. Es ist allerdings nicht hier im Zentrum, sondern im Bezirk Getsemani. Sehr weit ist es nicht. Aber es ist sehr touristisch. Sie treffen dort Leute aus aller Welt. Für den Eintritt müssen Sie 30 000 Pesos bezahlen, bekommen ein Band um das Handgelenk und können hinein. Drinnen haben sie für die Getränke amerikanische Preise. Also richtig empfehlen kann ich Ihnen das nicht. Auch wenn sie gute Live-Musik haben.“

„Okay. Was denn dann?“

„Gehen Sie in die ‚Delirium Bar‘. Ist in der Calle Primera de Badillo, nur ein paar Meter von hier. Ich zeige Ihnen den Weg. Da haben Sie zivile Preise und die schönsten Frauen Kolumbiens.“ Sie verzog den Mund zu einem Lächeln und fügte hinzu: „Falls Sie so etwas suchen. Rauchen dürfen Sie da auch. Allerdings nur Shisha-Pfeife. Dienstags, also heute, haben sie übrigens Ladies Night.“

„Was heißt das?“ fragte er und bemühte sich, möglichst gleichgültig und wenig interessiert zu scheinen.

„Die Frauen suchen sich ihre Tänzer aus und die Tänzer bezahlen die Getränke.“

„Und wenn man nicht tanzen will?“

„Das geht nicht. Das ist eine Beleidigung für die Dame."

„Hmm. Ich bin kein guter Tänzer."

„Das macht nichts. Die Dame wird sie eng führen."

Er überlegte. ‚Café Havana' oder die ‚Delirium Bar'. Die Ladies Night war reizvoller. Wenn er der Dame am Hals hing, musste er nur noch die Füße im Rhythmus bewegen. Das konnte klappen. Egal ob Salsa, Rumba oder Reggae. Und nach einem Roncito, Rum mit Cola, wäre er locker genug. Nach gut sieben Wochen ohne Alkohol könnte er das ewige Kaffeetrinken beenden. Er würde es bei zwei oder drei Roncitos belassen. Bloß nicht wieder in eine Saufphase rutschen. Hier in Cartagena gab es auch keinen Anlass dazu. Gerda war 12 000 Kilometer weit weg.

„Also gut", sagte er. „Dann gehe ich in die ‚Delirium Bar'. Kann ich dort mit Kreditkarte bezahlen? Ich will keinen Packen Banknoten mit mir rumschleppen."

„Sie können mit der Karte bezahlen. Ich war vor fünf Jahren dort. Da ging es. Aber fragen Sie lieber vorher. Ich kann aber auch jetzt für Sie dort anrufen. Dann wissen wir es."

Er saß unter dem Mandelbaum. Sie ging ins Haus, kam mit einem Handy zurück, tippte eine Nummer, hatte die Verbindung, fragte.

„Ja, es geht", sagte sie zu Wallberg. „Ich zeichne Ihnen den Weg auf. Aber seien Sie vorsichtig. Es sind nicht nur ehrliche Frauen da."

20

Aus der Bar drang laute Salsa-Musik. Einige Paare tanzten schon auf der Straße, so voll war das ‚Delirium'. Wallberg ging hinein, zwängte sich durch die Tanzfläche zur Theke. Auf dem Weg dorthin dachte er: „Fernanda hat recht. Die schönsten Frauen Kolumbiens. Halleluja, was für Weiber!" Er schob sich auf einen Hocker, bestellte sich einen Roncito. Weg mit dem ewigen Kaffee! Mit dem Alkohol hatte er nach seiner Emeritierung nur die entstehende Leere ausgefüllt, die Sinnlosigkeit betäubt. Aber hier in Cartagena gab es keine Leere, nur die pralle Lebenslust. Also durfte er auch wieder trinken. An den Vitrinen mit den zahllosen Flaschen vorbei blickte er auf eine Fotowand. Da waren sie alle versammelt. Schauspieler, Musiker, Schriftsteller. James Dean, Humphrey Bogart, Elvis, die blonde Marilyn, Hemingway und viele andere, und in der Mitte, umrahmt von einem großen Stern mit Strahlen war der Kolumbianer, der lange in Cartagena gelebt hatte. Unter dem Foto war zu lesen: ‚Gabriel García Márquez had a good time here.'

Eine etwas dralle Mulattin kam, zog ihn auf die Tanzfläche, wo man wegen des Gedränges gar nicht anders als eng tanzen konnte. Wallberg schätzte sie auf etwa 40 Jahre, so alt wie Myriam. Die Mulattin stellte sich ihm als Mariana vor. Sie hatte feste, stramme Brüste, an die er während des Tanzens gepresst war. Sie hatte ihre Arme um seinen Hals gelegt, um den Kontakt nicht zu verlieren. Sie hatte ein schönes, ausdrucksvolles Gesicht mit indianischen Zügen und großen, kastanienbraunen Augen. Die Lippen waren voll und sinnlich. Die Brüste fühlten sich gut an, aber er behielt seine Hände bei sich, hatte sie um ihre Taille gelegt. Er überlegte: Ist sie ein anständiges Mädchen oder eine Hure, wobei er Huren für sehr anständig hielt, anständiger jedenfalls als manche hinterlistige Ehefrau. Wäre sie eine Hure, hätte er sie gerne mitgenommen. Aber Fernanda würde etwas dagegen haben, und mit ihr wollte er es sich nicht verderben. Myriam, falls er sie jemals fände, würde nichts davon erfahren. Und wenn doch, würde sie es verstehen.

Tanzpause. Mariana kam mit an die Theke, schob sich neben ihn auf einen Hocker, bestellte sich einen Mojito, weißen, kubanischen Rum mit Zitrone, Minzzweigen und Eiswürfeln. Das Ganze zu einem ungewissen Grade verdünnt mit Sodawasser. Hemingways Lieblingsgetränk.

Eine belanglose Konversation begann. Sie wollte wissen, wo er herkam, wie lange er bleiben würde, wo in Cartagena er wohnte. Er gab bereitwillig Auskunft. Sollte sie doch ruhig bei der Casa Fernanda vorbeischauen. Mariana selbst gab an, hier in Cartagena an der Kasse des Jumbo-Supermarktes zu sitzen. „Pago muy deficiente." Sehr schlechte Bezahlung.

„Wahrscheinlich hat sie dich nur herausgepickt", dachte er, „damit jemand ihre Getränke bezahlt." Der Altersunterschied war groß. Etwa dreißig Jahre.

Aber es konnte auch sein, dass sie zu den Frauen gehörte, die einen Daddykomplex hatten. Das gab es. Das wusste er von seiner Zeit an der Uni, von den Exkursionen mit den Seminaren. Mariana bestellte sich noch einen Mojito, kippte ihn herunter, verschwand dann zur Toilette und kam nie wieder. Wallberg war es egal. Nach dem dritten Roncito bezahlte er und ging leicht angeheitert, aber aufrecht zu seiner Pension. Als er angezogen auf dem Bett lag, dachte er: „Wenn jetzt Fernanda käme, ich würde nicht ‚Nein' sagen." Aber Fernanda kam nicht.

21

Zehn Tage war er jetzt schon durch Cartagena gelaufen. Innerhalb der Festungsmauern und außerhalb, wo die Skyline war. Auch die Universität hatte er besucht, lange auf dem Campus gesessen und die Frauen beobachtet. Myriam war nicht dabei gewesen. Nachmittags war er bei den Rentnern, spielte Schach, zeigte dabei aber eine gewisse Unruhe, weil er immer wieder den Platz beobachtete. Vielleicht kam Myriam hier einmal vorbei.

Sein Partner bemerkte dieses Abgelenkt-
sein, fragte: „Qué busca?" Was suchst du?

Da zog er zum ersten Mal das gefaltete
Blatt mit dem Foto aus seiner Tasche,
zeigte es, sagte: „Esta mujer. La has visto?"
Diese Frau. Habt ihr sie gesehen?

Das Blatt wurde herumgereicht, das
Foto betrachtet. Jeder schüttelte den Kopf.
Niemand hatte sie gesehen.

Auf dem Rückweg zur Casa Fernanda
nahm er eine der engen Gassen, kam an
einem Stand vorbei, wo man Cocablätter
für Tee kaufen konnte. Er wollte das
einmal ausprobieren, nahm eine Tüte mit,
bereitete sich in Fernandas Küche Coca-
Tee, setzte sich mit einer Tasse unter das
Mandelbäumchen trank. Aber seltsamer-
weise hatte der Tee, dem man eine
anregende Wirkung nachsagte, die
gegenteilige. Die Augen fielen ihm zu, der
Kopf sank mit dem Kinn auf die Brust. So
saß er da und träumte und erinnerte sich
beim Aufwachen brandscharf an den
Traum. Ein azurblauer Schmetterling hatte
sich auf seine rechte Stirnseite gesetzt, da,
wo die Narbe war, hatte mit den Flügeln
geschlagen und war dann wieder
davongeflogen.

Fernanda kam, stellte eine Tasse Kaffee vor ihn hin, sah ihn erstaunt an, legte die Hand auf ihre rechte Stirnseite, fragte: „Qué has hecho?" Was haben Sie denn gemacht?

„Gemacht? Was denn?"

„Die Stirn."

Er schüttelte den Kopf, verstand nicht, eilte aber nach oben ins Bad, sah in den Spiegel. Das Rot des Querbalkens war verschwunden. Insgesamt schien ihm die Kreuznarbe jetzt weniger groß und tief zu sein.

Verwundert ging er zurück nach unten, setzte sich unter das Mandelbäumchen, erzählte Fernanda von seinem Traum.

„Sie müssen zu Rodrigo, dem Schamanen", sagte sie. „Er kann Ihnen das erklären und etwas dazu sagen. Er kommt aus Peru, lebt aber seit vielen Jahren hier in Cartagena. Ich werde Sie Morgen zu ihm bringen."

Er wusste nicht, was er davon halten sollte. Aber gab es nicht viele Dinge zwischen Himmel und Erde, die man nicht erklären konnte? Also würde er mit Fernanda zu dem Schamanen gehen und sich anhören, was der zu sagen hatte.

22

Der Peruaner wohnte in einem bunt angestrichenen Haus in Nähe der Kathedrale ‚San Pedro Claver'. Vom Balkon im ersten Stock hingen blaue Blumengirlanden. Fernanda begleitete Wallberg. Das Haus war nicht verschlossen. Sie traten in einen Innenhof, in dem ein Brunnen plätscherte. Ein in Türkis schillernder Kolibri schwirrte an einem Hibiskusstrauch, stand wie ein Hubschrauber vor einer roten Blüte, steckte seinen spitzen Schnabel in die gelben Pollen. Der Schamane erschien im Türrahmen. Sein Alter war schwer zu schätzen. 70, 80, 90? In dem faltigen Gesicht blitzten hellwache Augen. Auf dem Kopf trug er eine bunte Inkamütze mit Ohrlappen und roten Zierquasten an der Seite. Unter der Mütze fiel weißes Haar bis auf die Schulter. Im Mund hatte er eine Pfeife stecken, in der irgendein aromatischer Tabak brannte.

Er bat die Beiden herein, führte sie in ein Zimmer, das auf dem Boden und an den Wänden mit Teppichen in warmen Naturtönen ausgelegt war, bedeutete Wallberg mit einem Handzeichen, sich an einen Tisch aus dunklem, schweren Palisanderholz zu setzen, nahm ihm gegenüber auf einem Lehnstuhl Platz. Er faltete die Hände vor dem Bauch, forderte Wallberg mit einem Kopfnicken auf zu erzählen. Wallberg berichtete von seinem Traum, erzählte, wie ihn ein sanfter Strom durchfahren und wie sehr er diese blau schimmernden Flügel des Schmetterlings bewundert habe. Und dann, als Ergebnis eben, sei dieses Rot der Narbe verschwunden und überhaupt scheine ihm die Narbe jetzt weniger tief zu sein. Der Schamane hörte ihm aufmerksam zu, betrachtete ihn dabei in einer Weise, als könne er in ihn hineinsehen.

Als Wallberg seinen Traum erzählt hatte, schob der Peruaner eine Schale vor sich, entnahm einem Glas bernsteinfarbene Kügelchen, streute sie auf die Schale, zündete sie an. Aromatischer Rauch stieg hoch. Der Schamane schloss die Augen, streckte seine rechte Hand nach oben wie eine Antenne ins Universum. Nach ein paar Minuten senkte er die Hand, öffnete die Augen, sagte: „Tienes que buscar la mariposa azul, conocerla." Du musst den blauen Schmetterling suchen, ihm begegnen. „Viaje a Barranquilla. Tome un taxi hasta las orillas del Río Magdalena. Consigue una barca que te lleve a la isla del río. La isla se llama La Ceja." Fahre nach Barranquilla. Nimm ein Taxi zum Ufer des Rio Magdalena. Lass dich von einem Boot zu der Insel im Fluss bringen. Die Insel heißt La Ceja.

La Ceja war die Augenbraue. Wallberg hatte ihm aufmerksam zugehört, stand auf, zögerte eine Weile, fragte dann aber:

"Cuánto cobra por el asesoramiento?" Wieviel bekommen Sie für die Beratung?

Der Schamane lächelte. "Nada." Nichts. "Ha sido un honor ayudarle, Don Leo." Es war mir eine Ehre, Ihnen zu helfen, Don Leo.

Am nächsten Morgen brachte Fernanda ihn zum Busbahnhof, zeigte ihm den Bus, den ‚Colectivo', nach Barranquilla. Die Stadt lag etwa hundert Kilometer nördlich von Cartagena.

23

Die Fahrt mit dem Bus dauerte drei Stunden. Er hielt an jeder Ecke. Menschen stiegen aus, stiegen ein. Mit Maissäcken, Käfigen mit Hühnern, mit Obstkörben.

Wallberg hatte sich in dem Gedränge einen Fensterplatz ergattern können. Fetzige Salsa-Musik im Bus sorgte für Kurzweil. An einer der Stationen konnte er das Fenster aufschieben und ein Aguila, ein kolumbianisches Bier, kaufen, das von Händlern angeboten wurde. Am Busbahnhof in Barranquilla mietete er ein Taxi, sagte „La Ceja" und ließ sich, es waren nur ein paar Kilometer, zum Bootspier bringen. Der Rio Magdalena war ein breiter Strom, der mit braunem, lehmigen Wasser dem Karibischen Meer zueilte. Bei Barranquilla schon begann das Mündungsdelta. Verglichen mit dem Rio Magdalena war der Rhein nur ein schmaler Bach. Vom Ufer aus erkannte er in der Ferne die Insel La Ceja, die von zwei Armen des Magdalena umflossen wurde. Er verhandelte den Preis, ließ sich für 20 000 Pesos mit einem Schnellboot dorthin bringen, nahm am Ufer den einzigen Pfad, der in das Innere der Insel führte. Die Insel war ein tropischer Dschungel mit einzelnen Lichtungen, wo er im Sonnenlicht tausend Schmetterlinge tanzen sah. Er ging daran vorbei, stieß plötzlich auf ein riesiges Moskitonetz, das zwischen den hohen Bäumen ausgespannt war. Die

Anlage hatte die Größe eines weiten Saales. Durch die feinen Maschen des Netzes hindurch sah er im Inneren einen Schwarm schwebender Schmetterlinge. Und er sah auch einen Tisch mit einem Laptop. Davor saß, ihm den Rücken zukehrend, eine Frau in einem weißen Kittel. Lange, schwarze Haare fielen nach hinten. Wallberg ging um das Netz herum, kam an einer Holzhütte vorbei. An der Außenwand war ein Schild angebracht: ‚Estación de investigación La Ceja'. Forschungsstation La Ceja. Er war also auf eine Art Schmetterlingsfarm gestoßen, wo man das Verhalten der schönen Schwebenden untersuchte.

Gegenüber der Hütte fand er den Eingang zu einer Schleuse, zog den Reißverschluss des Netzes auf, ging hinein, zog ihn hinter sich wieder zu. Nach ein paar Metern stand er vor dem Eingang zum Innern des Gaze-Zeltes, blieb eine Weile dort stehen, sah die Frau nun im Profil. Nach einer kurzen Weile musste sie den Besucher bemerkt haben, erhob sich, kam, zog den Reißverschluss auf, schob das Netz zur Seite, stand vor ihm, sah ihn entgeistert an wie eine unwirkliche Erscheinung.

„Myriam!" sagte er nur.

24

Sie berührte ihn mit ihrer rechten Hand an der Schulter, um sich zu vergewissern, dass er leibhaftig vor ihr stand. Dann sagte sie: „Kommen Sie rein, Professor!", nahm seinen Arm, zog ihn, der noch staunend wie festgewurzelt stand, in das Zelt, verschloss den Eingang. „Wie haben Sie mich gefunden? Warum?"

„Eine lange Geschichte" antwortete er. „Eine völlig verrückte."

„Wir gehen rüber in die Hütte", schlug sie vor. „Ich mache uns einen Kaffee. Dann können wir erzählen."

Ein paar Schmetterlinge ließen sich auf seinem Arm nieder. Darunter war ein azurblauer.

„Was ist das für ein Schmetterling?" fragte er und zeigte auf den Blauen.

„Das ist ein blauer Morphofalter", antwortete sie. „Morpho peleides. Wir nennen ihn auch ‚Mariposa del cielo', Himmelsfalter. Er ist leider sehr selten geworden."

Durch die Schleuse hindurch gingen sie zu der Hütte. Die Einrichtung war einfach. Ein Tisch, ein paar Stühle, eine Hängematte, eine Liege und eine Kochecke mit etwas Geschirr und Besteck, einer Gasflasche und einem Gaskocher. In einem Schränkchen an der Wand waren ein paar Dosen mit Suppen und Nudelgerichten, ein Päckchen Kaffeepulver und ein Glas mit Zucker. Fließendes Wasser gab es nicht. Nur einen großen Kanister. Für Strom und eine spärliche Beleuchtung sorgte eine Autobatterie.

Während sie auf das Kochen des Wassers wartete, fragte sie: „Wer fängt an? Ich oder Sie?"

„Wir können das ‚Sie' fallenlassen. Du bist Myriam, ich bin Leo. Fang du an! Ich kenne ja deinen Brief."

„Ach ja, der Brief. Ich hatte Heimweh. Zugleich wusste ich, dass ich etwas anderes machen musste als ein Germanistikstudium. Ich habe mich gefragt: Was soll das? Den Texten hinterher interpretieren, die andere geschrieben haben. Kann man darauf einen Beruf gründen? Ich habe etwas Anschaulicheres gesucht und mich an der Universität in Cartagena für Biologie eingeschrieben. Nach dem Diplom habe ich mich auf die Lepidopterologie spezialisiert."

„Lepidopterologie?" unterbrach er sie.

„Schmetterlingskunde. Ich arbeite hier für die Umwelt, bestimme zum Beispiel die Anzahl der Arten. Leider werden es immer weniger wegen der Goldgräber an den Zuflüssen des Magdalena. Sie vergiften das Wasser mit Quecksilber. Ich wohne in Barraquilla, komme immer für drei Tage und zwei Nächte auf die Insel, werde dann abgelöst. Tut mir leid, wenn ich damals so einfach verschwunden bin. Meinen dritten Grund kennst du ja. So, das war meine Kurzfassung. Und du?"

„Ich könnte es ganz kurz machen. Ich hatte Sehnsucht nach dir."

„Nach zwölf Jahren?"

„Ich hatte immer Bedenken wegen des Altersunterschiedes."

„Ach, das ist mir doch völlig egal."

Dann erzählte er von seinem Unfall, der Narbe, dem Traum, den Worten des Schamanen.

Das mit dem Traum und dem Schamanen hielt sie gar nicht für so ungewöhnlich, so als gehöre das zum kolumbianischen Alltag dazu. Die Welt war eben nicht vollständig zu erklären.

Als er mit seiner Erzählung zu Ende war, sagte sie: „Fahr heute bitte nicht mit dem Boot zurück, bleibe hier. Wir holen nach, was wir damals versäumt haben."

25

Gegen Mitternacht löste sie sich aus seinem Arm. „Ich muss zum Dienst", sagte sie.

„Zum Dienst? Jetzt in der Dunkelheit?"

Die Dunkelheit war undurchdringlich. Er konnte die Hand nicht vor den Augen sehen, fühlte nur ihren warme, sanfte, glatte Haut. Sie stand auf, kannte den Weg zu der Autobatterie, machte Licht, holte etwas aus einem Regal, kam mit zwei Stirnlampen zu ihm zurück.

„Du kannst gerne mitkommen. Wir gehen zu der ersten Lichtung in Nähe des Zeltes. Dort ist eine Lichtfalle, eine Plastiksäule, die mit einem Gazenetz umkleidet ist. Ich schalte das Licht ein, es kommt von einer anderen Batterie, und dann wirst du sehen, wie Nachtfalter und Schmetterlinge heranschweben und sich dort niederlassen. Neunzig Prozent der Schmetterlinge sind nachtaktiv. Ich warte eine Zeit lang und zähle und protokolliere dann die Arten. Vor acht Jahren waren es noch 240. Jetzt sind es nur noch 110. Die Jagd nach dem Gold an den Zuflüssen des Magdalena hört nicht auf. Sie lassen dieses verdammte Quecksilber, mit dem sie das Gold binden, einfach im Wasser. Und das Quecksilber vergiftet die Vegetation am Ufer. Die Gier der Menschen ist größer als die Rücksicht auf die Natur. Ich sammel hier also Beweise, um den Druck auf die Politik zu erhöhen. Aber bisher hat es nur wenig geholfen. Das Militär, das ab und zu den Dschungel durchstreift, kann kaum etwas ausrichten. Die Goldjäger kommen immer wieder zurück."

Mit der Stirnlampe am Kopf ging er auf dem Pfad hinter ihr her, bis sie zu der Lichtung kamen. Hier schaltete sie die Lichtfalle an und kurz darauf kamen sie herangeschwebt, ließen sich auf dem Gazenetz nieder. Myriam wartete noch eine Weile, dann ging sie mit einem Notizbuch und einem Stift an die Säule heran, betrachtete aus der Nähe jeden einzelnen Schmetterling und notierte.

Nach einer Stunde hatte sie 105 Arten aufgeschrieben.

„Es variiert", sagte sie. „Das nächste Mal können es wieder 110 sein oder sogar etwas mehr. Aber diesen früheren Höchstwert von 240 habe ich in den letzten fünf Jahren nicht mehr erreicht."

Als sie zurück in der Hütte waren, fühlte er sich hellwach, bat sie, Kaffee zu bereiten. Sie machte zwei Tassen, setzte sich zu ihm an den Tisch.

„Wie lange wirst du bleiben?" fragte sie.

„So lange du willst", antwortete er. „Ich fliege nicht mehr zurück, jedenfalls nicht dieses Jahr. Ich werde das Visum um drei Monate verlängern lassen, fahre dann nach Ecuador oder Venezuela, lasse mir ein neues geben und komme wieder für sechs Monate nach Kolumbien. Dann ist das Trennungsjahr vorbei, ich fliege zurück nach Deutschland und beende eine Ehe, die nur noch auf dem Papier besteht. Gerda kann das Haus haben. Ich bin nicht daran interessiert. Auch nicht an einem finanziellen Ausgleich dafür, obgleich es eigentlich mein geerbtes Elternhaus ist. Danach sehen wir weiter."

„Du könntest bei mir in Barranquila wohnen. Es sind zwar nur zwei Zimmer.

Vielleicht reicht es dir. Aber wirst du dich nicht langweilen?"

„Nein. Der Sekretärin der germanistischen Abteilung, du kennst sie ja, habe ich erzählt, ich würde ein Buch über südamerikanische Literatur schreiben und bräuchte dich als Lektorin. Aber das war nur ein Alibi, um an deine Bewerbungsunterlagen von damals zu kommen. Die Adresse stimmte natürlich nicht mehr. Also blieb nur der weite Weg. Dieses Buch werde ich nicht schreiben, sondern ein ganz anderes. In Cartagena, an einer Straßenecke, habe ich einen Mann gesehen, der dort an einem Pult mit einer Schreibmaschine saß, und Aufträge entgegennahm. Amtliche Schreiben, Privates. Da kam mir die Idee zu dem ‚Roman der tausend Liebesbriefe'. Tausend an nur eine Frau. Er liebt sie, und deshalb schreibt er tausend Briefe."

„Und wer ist sie?"

„Das kannst du dir doch denken!"

✱

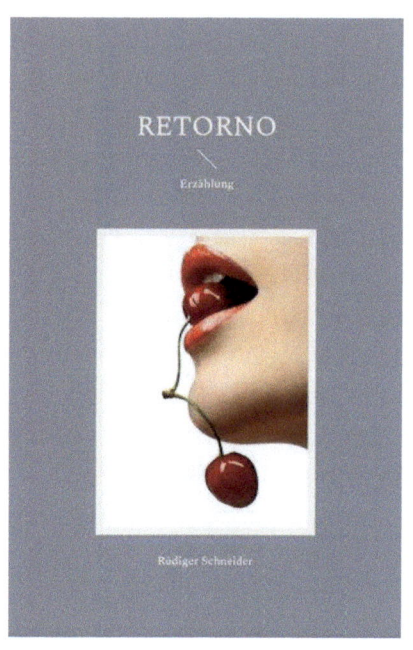

‚Retorno‘, Erzählung, 80 S., ISBN ISBN-13: 9783757803599

Der 62-jährige Hans Walkenrieder liebt die herbstliche Aura älterer Frauen. Ganz im Gegensatz zu seinem Freund und Nachbarn Fernando Ferrari, der nichts über dreißig in sein Haus lässt. Die Geschichte spielt im brasilianischen Porto Alegre und steigert sich zu einem rasanten Finale.

www.ruediger-schneider.net